COLLECTION FICTIONS

Après l'Éden de Marcel Godin
est le cinquième titre de cette collection
publiée à l'HEXAGONE.

DU MÊME AUTEUR

La Cruauté des faibles, nouvelles, Éditions du Jour, Montréal 1961, Éditions Les Herbes Rouges, Montréal 1985.

Ce Maudit Soleil, roman, Robert Laffont, Paris 1965.

Une dent contre Dieu, roman, Robert Laffont, Paris 1969.

Danka, roman radiophonique, Éditions de l'Actuelle, Montréal 1971.

Confettis, nouvelles, Éditions Alain Stanké, Montréal 1976, Éditions HMH, Montréal 1980.

Manuscrit, prose poétique, Éditions Alain Stanké, Montréal 1979.

Maude et les fantômes, roman, Éditions de l'Hexagone, Montréal 1985.

MARCEL GODIN

Après l'Éden

nouvelles

l'HEXAGONE

Photos de l'auteur:
Jacques Collins

Maquette de couverture:
Jean-Marc Côté

Illustration de couverture
et dessin intérieur:
Louise Godin

Photocomposition:
Atelier LHR

Éditions de l'HEXAGONE
900, rue Ontario est
Montréal, Québec
H2L 1P4
Téléphone: (514) 525-2811

Distribution:
Québec Livres
4435, boulevard des Grandes Prairies
Saint-Léonard, Québec
H1R 3N4
Téléphone: (514) 327-6900
Zénith 1-800-361-3946

Réplique Diffusion
66, rue René Boulanger
75010 Paris, France
Téléphone: 42.06.71.35

Dépôt légal: troisième trimestre 1986
Bibliothèque nationale du Québec
Bibliothèque nationale du Canada

L'ENDROIT

LE PRINTEMPS

Un oiseau noir s'est posé sans commettre de bruit, un matin à la fin du beau mois de mars, sur la branche d'un érable dont la sève n'attendait qu'à couler alors que, chaudement vêtu, de très bonne heure, j'allais tranquillement à la chapelle des Sœurs Grises servir la messe de Monsieur l'abbé Marchand.

La tempête molle de la veille avait blanchi le paysage et mes petits pas étaient les premiers à y laisser leur empreinte qui aussitôt se remplissait d'eau. Le soleil se levait et teintait d'un rose vieux les toits des rares édifices élevés que ses rayons encore bas pouvaient atteindre. Le silence était omniprésent. Un silence de bonté et, comme ma jeune âme n'avait pas encore connu les affres de la réalité, je nageais dans la paix et les grâces enfantines. Heureux étais-je, en autant que je sache encore me rappeler le goût du bonheur!

Au loin, précédé par le son aigu des grelots qui bardaient le collier de son cheval, le livreur de lait apparut, debout dans sa voiture, les guides bien en main, toutes dents dehors, la tête coiffée d'une tuque rouge écarlate. Je m'arrêtai un instant comme pour photographier à jamais ce spectacle et, soudain, poussé par un sentiment incontrôlable venant de moi ou de je ne sais où, je fis demi-tour avec assurance, dit adieu à la messe, à l'abbé Marchand; je rompis avec mes habitudes d'obéissance et je rentrai lucidement dans l'interdit pour assister avec la plus grande curiosité du monde à la naissance du printemps.

Le soleil a semblé prendre de l'altitude comme s'il avait fait un bond dans le firmament et du coup avancé le temps de quelques heures. Ça éclatait de partout. Je n'avais jamais tant vu la splendeur de la lumière et, plus encore, jamais tant vu d'eau couler des toits, des balcons, des escaliers. Les clochers des églises fondaient. La neige même prenait l'apparence du gros sel avec le poivre de la pollution dedans. Ça fondait comme de la crème glacée. Ça fondait comme des larmes et les miennes fondirent de joie.

Assis, les pieds ballants, à l'arrière de la voiture du livreur de lait, qui tantôt sifflait, tantôt commandait sa jument, je me laissais porter et suivais l'itinéraire de sa livraison, découvrant ma petite ville, de perron en perron, alors qu'il remplaçait les pintes de lait vides et s'en revenait vers sa voiture en faisant sonner les pièces de monnaie et les coupons que les clients y avaient déposés en confiance.

— Rue Sainte-Geneviève, rue Saint-Philippe, rue Laviolette...

«Whowwww, la Grise!», grondait-il, et la voiture s'arrêtait face à un autre perron.

Tout le monde buvait du lait, les pauvres comme les riches. Tout le monde sortait, les pauvres comme les riches. Et du lever du jour comme de l'arrivée du printemps, j'appris la condition humaine. Et j'aimai!

Le notaire Leblanc saluait tout le monde en portant la main droite à son chapeau de feutre gris, mademoiselle Letendre s'en allait à son école en marchant le nez par terre, les petits Lefebvre se tiraillaient, le forgeron d'ivrogne était déjà ivre, les filles du docteur Goyer, main dans la main, tournaient constamment la tête comme si elles avaient été suivies, la veuve Josée-Anne Philippe, maître de poste, allait comme un pélican qui ne pouvait plus s'envoler, et les voisins, et les gens, et les connaissances me donnaient sans le savoir une leçon de géographie humaine, mais plus que tout cela, ce qui m'impressionnait, c'était le ciel bleu, sans comparaison possible, le soleil et les ombres, la neige qui fondait, les enfants qui à grand coups de hache cassaient la glace devant leur maison pour atteindre au plus vite l'asphalte, les rigoles de deux pieds, les bancs de neige qui s'écroulaient avec les châteaux qu'on y avait édifiés et autant de galeries souterraines, d'autres enfants qui jouaient aux billes, les belles cordes à linge dévoilant les dessous des familles ou de grands draps blancs, le sourire des gens, le sang bouillant dans les veines, la fièvre soudaine, la joie au cœur qui pince, oui, la fièvre du printemps!

«Whowwww, la Grise!», répéta monsieur Conrad en atteignant la dernière rue de sa tournée matinale. Il descendit de voiture, s'empara d'un sac d'avoine qu'il alla accrocher au cou de sa jument, se frotta les mains en reniflant vers le ciel, sortit un paquet de tabac et du papier, roula une grosse cigarette qui prit le chemin de ses lèvres en un geste lent, remit le paquet dans sa poche, frotta une allumette et la fumée sortit de sa bouche comme un nuage d'été.

Midi sonnait à la cathédrale. La jument mangeait et agitait les grelots de son collier. Le soleil était à son meilleur, comme l'arrivée d'une denrée rare, l'eau fondait et s'infiltrait partout, on aurait dit que le printemps voulait naître en courant. Je

16

n'avais pas faim, je me sentais gavé.

Monsieur Conrad, déchirant son pain beurré, m'en offrit un morceau. Je pris son sourire, le remerciai pour l'avant-midi qu'il avait partagé et, courant à toutes jambes, je m'en allai vers le dépotoir de la ville où vivait le gardien, mon vieil ami monsieur Marcotte, dans une cabane en bois recouverte de feuilles de tôle. Chaque fois que j'en avais la chance ou que je pouvais me permettre cette liberté, j'allais vers lui m'asseoir au pied de sa porte pour l'écouter, ce qui ne m'était pas arrivé depuis la tombée de la première neige.

«C'est beau, hein!», me dit-il en faisant un long geste de la main, comme un seigneur terrien qui veut montrer l'étendue de ses terres.

C'était beau!

La neige comme de la cire fondante dégoulinait et déshabillait les ordures, les boîtes de conserve éventrées, les articles ménagers hors d'usage, les rebuts de toutes sortes, témoins de la crise de consommation nouvelle du début de l'après-guerre. Les rats allaient en poussant de petits cris, agités, fouillant dans ce bazar, et monsieur Marcotte de prendre son vieux fusil et d'en descendre quelques-uns avec insouciance, tout en me racontant ses souvenirs de Grèce, de Turquie;

monsieur Marcotte qui parlait de l'Espagne à vous faire pleurer, monsieur Marcotte debout, épée à la main, fendant l'air, se battait contre d'invisibles moulins à vent ou encore m'entraînait dans les grottes secrètes des pays lointains, monsieur Marcotte me rappelant mes origines, me racontant ce qu'était la France, le pays de Cambrésis, mes ancêtres, les conquérants, les immigrants de toutes sortes de couleurs et j'en passe! Il connaissait la terre entière dans tous ses recoins et il pouvait réciter le nom de toutes les capitales du monde par ordre alphabétique sans en oublier une seule. Quand il vous emmenait en Chine, vous y étiez, et le cinéma qui en était alors à ses premiers balbutiements n'arrivait pas encore à me faire voir le monde aussi bien que monsieur Marcotte.

Tous les printemps du monde, selon lui, ne valaient pas le nôtre parce que, disait-il, le nôtre n'est pas un printemps. C'était plus que cela: un miracle, un instant, un éclat, une démesure, un temps court, un oiseau noir, peut-être, sur une branche.

Ici, continuait-il, le printemps fane aussi vite qu'une fleur, et comme on ne sait jamais quand il commencera à s'ouvrir, il faut être constamment aux aguets, avoir le nez au vent et savoir le humer.

Et monsieur Marcotte, maigre, seul et laid, de parler, de parler, de m'entraîner dans sa merveilleuse imagination. Médium, devin, voyant peut-être? Mon cher monsieur Marcotte était sans doute tout cela, car il n'avait jamais été plus loin qu'au fin fond du bout du petit dépotoir de sa petite ville.

J'ai vu tomber le soleil en état d'apesanteur, colorant de couleur lilas tout ce qu'il pouvait réfléchir. J'ai vu monsieur Marcotte rentrer dans sa cabane, allumer une lampe à l'huile en me laissant seul, sans me dire au revoir parce qu'il jugeait cela inutile. J'ai vu la nuit descendre et le froid avec elle. J'ai vu l'eau qui avait tout inondé se figer par petits frissons et la neige durcir comme du sable. J'ai senti une odeur sans pareille, mi-chaude, mi-froide, des parfums secrets soudain libérés se fixant dans l'air nocturne et j'ai vu revenir ce que j'avais vu partir: le notaire qui saluait tout le monde avec son sourire hypocrite et intéressé, les petits Lefebvre si mal élevés qui se chamaillaient encore, mademoiselle Letendre tellement frustrée qu'elle marchait toujours les yeux par terre, le forgeron d'ivrogne toujours ivre mais beau comme un dieu, les filles du docteur Goyer, main dans la main, tournant constamment la tête comme pour surveiller leur ombre qui, le sait-on, aurait peut-être pu leur échapper et la veuve Josée-Anne Philippe qui se déplaçait d'un pas si pesant qu'on aurait dit que tout le courrier du monde pesait sur ses frêles épaules, et les gens, et les connaissances, et les voisins, et finalement la maison et la porte que je devais courageusement franchir à la fin d'un si beau jour!

J'hésitai un instant avant d'entrer et je revis tout ce qui avait agrandi ma journée. J'étais heureux, content, mais tellement coupable d'avoir fait l'école buissonnière, d'avoir dérogé à une éthique, d'avoir trahi mes habitudes d'obéissance. Je découvrais peut-être le paradoxe de la liberté et de la culpabilité, l'ambiguïté entre le bien et le mal, le choix entre le plaisir de vivre et la contrainte, je découvrais peut-être une certaine idée de la vérité et, tournant ma tête de gauche à droite à la recherche d'un complice qui ne s'y trouvait pas, je surmontai ma crainte et ma faiblesse pour oser entrer bravement dans la maison et affronter ceux à qui j'avais encore à rendre des comptes.

Fiévreux, affamé, les pieds mouillés jusqu'aux os, las, au bord du sommeil, je poussai doucement la porte. D'un seul coup, une grande bouffée de chaleur m'enveloppa de ses bras d'ivresse, mes yeux s'embuèrent, je vis comme un myope la famille entière assise autour de la table, engagée dans ses agapes, mon père souriant comme toujours, assis au bout de la table, mes frères et sœurs à l'affût, attendant de voir quels effets aurait mon incartade, envieux et envieuses de n'avoir jamais osé échapper à leurs peurs. Un silence de guerre. Tous ces yeux fixés sur moi. Et ma mère, épuisée d'angoisse, d'inquiétude et d'amour, se lève alors, vient vers moi comme elle aimerait pouvoir venir, me regarde avec la plus belle complicité qui soit, m'accepte, me pardonne, me comprend et m'aime. Cependant, pour donner l'exemple, pour que toujours règnent l'ordre et la justice, elle me gifle avec tendresse au lieu de m'embrasser comme elle le voudrait.

— Tu devrais avoir honte, dit-elle. Qu'est-ce que le bon Dieu va penser de toi! Allons, dépêche-toi, va te laver les mains et viens manger, ta soupe est froide.

Un gros diamant coule sur ma joue, j'avale ma salive, mon père me fait un clin d'œil, tous me sourient, mais n'empêche que je me sens terriblement coupable d'avoir été heureux comme jamais de ma vie il ne m'a été donné de l'être, même après plus de cinquante autres printemps…

L'ÉTÉ

Le soleil était au-dessus des têtes, tellement au-dessus qu'il ne faisait pas d'ombre. Dissimulé, comme enveloppé dans du coton à fromage mais fort le soleil, pesant, lourd sur les épaules, et l'air était si raréfié que je n'osais même pas bouger de crainte de le raréfier davantage. Je ne savais plus distinguer si j'aspirais ou si j'expirais. Même les poules, pourtant si nerveuses, ne bougeaient pas. À peine les chevaux du voisin, immobilisés près de la centenaire clôture en cèdre, la tête collée l'une contre l'autre, risquaient-ils encore de chasser avec de lâches balancements de queue la horde des mouches noires et gluantes qui s'accrochaient obstinément à leurs poils.

Mais les cigales, oh, les cigales, jamais je ne les avais entendues autant striduler, perçant l'air, agaçant les nerfs déjà à vif! Et les grillons insaisissables de les accompagner sans cesse sur une autre octave.

À ras de sol, les réverbérations de la chaleur, telles des vapeurs d'essence, embuaient le paysage et donnaient à toutes choses une opacité laiteuse. Des vaches s'étaient regroupées dans le clos voisin, vautrées sous les branches d'un orme géant mais malade, et elles ruminaient au ralenti, mues par une seule et même mécanique.

En face, le fleuve gris stagne comme une mare, sans un seul petit frisson ou si peu, au large, là où la force des courants obéit à d'autres règles. Pas un seul bateau, pas un seul voilier, mais de rares goélands paresseux planant très bas, pendant que plus loin une vilaine corneille est pourchassée par une troupe d'hirondelles. À deux pas de la maison, des ménates et des geais bleus se disputent des morceaux de pain rassis.

Rien d'autre que le temps qui passe, le silence qui l'accompagne, l'ennui peut-être, parce que par un temps pareil, personne n'oserait faire quoi que ce soit, sauf la Marie, la fille de je ne sais qui, de je ne sais où, qui longe les clôtures et cueille les framboises; la Marie, vêtue d'une vieille robe de coton fleuri, coiffée d'un grand chapeau de paille dont le long ruban rose et sale lui tombe sur les reins; la Marie qui, dit-on, a reçu entre autres dons le pouvoir de s'autoréfrigérer.

Tout le monde attend, qui sur les balcons,

qui à l'ombre d'un arbre. D'autres se sont enfermés dans la fraîcheur douteuse des maisons, tous volets tirés, et d'autres encore regardent l'horizon en se berçant selon les traditions et ils restent en attente d'un même signe.

Un oiseau-mouche vient fouiner dans les pois de senteur et un canard, aussi excité qu'un homme du Sud avant la sieste, part soudainement en chasse, les canes se mettent à caqueter en remuant l'air épais avec des ailes qui leur sont inutiles pour échapper au mâle possédé par son instinct d'amour.

Fut-ce le signal attendu? Tout ce brouhaha de basse-cour sembla ouvrir une brèche dans l'air. Un vent, non, une masse de plomb se déplaça d'un seul coup, soulevée par une force invisible, prit de l'altitude, de l'ampleur et ce déplacement fit s'agiter les feuilles, puis les branches et la surface des eaux. En moins de temps qu'il ne faut pour l'écrire, le vrai vent se leva avec une rage incroyable, couchant le blé, menaçant ses promesses, charroyant des copeaux de bois, des papiers, des objets de toute espèce, tandis que le ciel tournait au noir comme si la fin du jour arrivait avant l'heure et que les eaux du fleuve, emportées par une force sous-jacente, s'élevaient en vagues affolées.

D'un bout à l'autre du village, tous ceux qui étaient encore dehors s'empressèrent de rentrer à toute vitesse, sauf la Marie de je ne sais qui, de je ne sais où. Une main retenant son chapeau de paille, l'autre cramponnée à son bol de framboises, insouciante du vent qui retroussait sa robe et dévoilait ses magnifiques jambes jusqu'à ses dessous, qu'importe, c'est ainsi qu'elle avançait vers le fleuve; comme une force de la nature, en communiant avec elle avec amour.

Jamais, de mémoire d'homme, le ciel n'avait éclaté en autant de morceaux, dans un tel fracas, avec autant de colère. De grands «Z» le striaient sans cesse de part en part avec des décharges de bruits secs dont les échos, rencontrant d'autres échos, se percutaient violemment et se perpétuaient à l'infini, jusqu'à l'autre bout du monde.

Jamais autant de branches d'arbres ne furent arrachées aussi rapidement, leurs fruits encore verts voués à la perte. Des toits de grange se voyaient soulevés, en un craquement démentiel, et emportés vers les eaux du fleuve. Les maisons mêmes bougeaient sur leurs fondations. C'était l'orgie, le déchaînement, la nature qui semblait perdre complètement la tête et qui, possédée par un pouvoir diabolique, se débattait contre elle-même pour ne pas sombrer dans la folie.

En dix minutes, un quart d'heure tout au plus, tel un homme au bout de sa colère, la tempête se calma, laissant la désolation et la destruction sur son ridicule passage. Il se mit à pleuvoir plus de larmes que l'humanité entière ne saurait en verser. Et cela cessa doucement, très doucement, et le vent diminua sa hargne, entraînant dans sa marche les nuages honteux et de moins en moins chagrins.

Les volets s'ouvrirent à nouveau. Les gens sortirent sur leur balcon ou dans leur cour pour humer l'air devenu frais et doux. Chacun évaluait du regard les dommages qui lui avaient été causés et s'y résignait avec des haussements d'épaules, tandis que les vaches se levaient pour se remettre à brouter, indépendantes les unes des autres. Les chevaux s'étaient mis à courir pour s'assécher, les oiseaux fendaient l'air en tous sens et le blé se relevait petit à petit, alors que les fleurs buvaient lentement, perle après perle. La Marie réapparut, venant de je ne sais où. À cet instant précis, déchirant les nuages encore lourds, le soleil fit une si belle trouée que la terre en ressentit un immense frisson de joie.

Ah, que cela était beau! Le vert était plus vert, le blanc était plus blanc, de grandes taches de ciel bleu se reflétaient dans le fleuve qui changeait de couleur. Il y avait des diamants dans l'herbe et devant tant d'opulence et de calme, la vie reprit ses battements de cœur.

L'un réparait les dégâts, sans jurer, l'autre raclait sa cour, un troisième regrettait le toit de sa grange, une femme se penchait amoureusement sur ses géraniums que le vent avait cassés, mais les nuages se dissipaient, le vent était si doux, si bon, et le soleil comme un dieu régnait sans ostentation sur ce petit coin du monde qu'il daignait privilégier. Le temps lui manquait, hélas, la terre avait parcouru plus de chemin qu'il ne l'aurait voulu et, superbe dans toute sa plénitude, il étira les ombres.

Voici venir le plus beau moment de la vie, voici l'harmonie parfaite, le calme de la fin du jour quand la terre hésite à tourner, ralentit sa marche, semble s'attarder pour profiter jusqu'à la limite de sa liaison d'amour. Le soleil feint de cacher sa force, il joue à l'amant, rougit comme un adolescent coupable, mais il est si beau que la terre entière s'incline et sombre, impuissante, dans l'attente nocturne d'un autre lever du jour.

Or voici que, dans sa générosité suprême, tandis que la Marie s'en va je ne sais où, il lance ses feux vers la Voie lactée et, une à une, les étoiles s'allument, régies par autant de rhéostats, puis soudain, à l'improviste, la vieille cousine du soleil montre sa chevelure blanche, puis son immense sourire et, avec la lenteur de son âge, elle commence sa longue veillée.

Jamais autant d'étoiles ne furent visibles en une seule nuit. Jamais la lune ne fut aussi puissante et solennelle. N'eût été des lucioles qui attiraient elles aussi l'attention, j'aurais pu passer la nuit à contempler l'infini et à prendre conscience de ma propre finitude, de ma propre petitesse.

Au loin les hibous hululaient, les silhouettes de quelques bêtes passaient comme des fantômes, les chauves-souris invisibles manifestaient leur présence, les grenouilles chantaient à voix basse et la paix, la fraîcheur, le calme et la douceur de vivre invitaient au sommeil.

J'ai cédé comme tout le monde, à regret, après m'être défendu contre ce sommeil et cette fatigue; j'aurais tellement aimé pouvoir vivre la nuit, du moins cette nuit-là. Je rentrai dans la maison, fermai portes et volets, puis je montai à ma chambre.

Une dernière fois avant d'aller au lit, je contemplais la beauté du ciel et juste au moment où ma main s'apprêtait à baisser la toile, qui vis-je alors pour la dernière fois de ma vie? Nulle autre que la Marie, en plein clair de lune, belle comme jamais encore elle ne s'était montrée qui, d'un geste de la main, devinant ma présence ou la surveillant, me fit un grand signe d'amitié ou d'adieu pour disparaître je ne saurai jamais où.

Chaque été qui revient me remet en état d'attente, et chaque fois que la pleine lune suit le soleil qui suit l'orage, je songe à la Marie de je ne sais qui, de je ne sais où, et je revois tant d'images. Certains soirs de solitude, quand la courte saison tire à sa fin et que l'automne s'annonce, j'entends sa voix — est-ce seulement une étrange illusion? — j'entends sa voix me dire, au moment de baisser la toile à la même fenêtre de la même chambre où je l'ai vue pour la dernière fois, je l'entends me demander avec le cynisme d'une fin de saison: «As-tu vu passer l'été? As-tu vu passer l'été?»

L'AUTOMNE

Je me suis arraché du lit chaud et confortable, je me suis habillé silencieusement en regardant Jeanne qui dormait et je suis sorti de la chambre après avoir pris soin de reborder le lit défait puis de poser mes lèvres sur son front. J'ai fermé la porte lentement, mais j'ai eu peur que les pentures qui grinçaient ne la réveillent, puis je suis allé sur la pointe des pieds réveiller Charles qui dormait près de Fernande, en lui touchant délicatement l'épaule. Il a ouvert ses petits yeux noirs, m'a fait «une de ces gueules» et indiqué de la tête qu'il allait se lever. Charles n'est pas très discret et j'avais beau lui faire des signes, il risquait à tout instant, avec ses pas lourds, ses gestes gauches, de déranger les femmes que nous nous étions engagés à laisser dormir.

J'allumai le poêle à bois avec du papier journal et des copeaux de sapin bien secs. Quelques minutes suffirent pour que les crépitements fassent place à la chaleur qui commença à se répandre lentement autour du poêle avant d'envahir la pièce, pouce par pouce, insensiblement, mais avec bienfaisance.

Le café fut servi en silence et, cinq minutes plus tard, Charles et moi, nous sortions, vêtus de nos chemises à carreaux, nos casquettes rouges bien calées sur la tête, les pieds chaussés de gros bas de laine enfilés dans de grosses bottes de caoutchouc, le sac à lunch attaché autour de la taille et les fusils, que nous avions nettoyés la veille, solidement tenus dans nos mains, le canon pointé vers le sol, au cas où.

On marcha longtemps en silence, tête basse, en levant les pieds pour ne pas trébucher sur des branches mortes, ainsi jusqu'à la limite du sentier et là, après avoir échangé quelques mots inutiles — histoire de vérifier si nous n'avions pas perdu la parole — nous nous sommes séparés, en gardant une certaine distance, juste assez grande pour que nous soyons à la fois seuls et ensemble. Alors, nous nous sommes engagés dans les bois.

Le sol était recouvert de feuilles mortes rouges et ocres, le soleil qui se levait doucement s'infiltrait à travers les branches des grands arbres dénudés et allumait le tapis que la nature avait déroulé dans l'immense forêt. Il faisait froid. Le soleil ne réchauffait pas, ne réchaufferait pas, parce que le vent du nord, chargé de haine, s'acharnait à souffler hors de son royaume sa rage de conquête et de possession.

Nous marchions avec peine, en cassant des branches sèches ou déjà gelées et en faisant craquer les feuilles. L'air rentrait à pleins poumons et nous le rendions par de grandes bouffées blanches qui disparaissaient aussitôt.

Quelques perdrix nous faisaient parfois sursauter quand, cachées on ne sait où, elles prenaient leur vol bruyant et effrayé.

Ici chantait un oiseau d'hiver, là mélodiait un ruisseau, meublant le silence qui nous pénétrait comme l'humidité. À l'intérieur du ventre, presque palpable, la plus étrange solitude qui soit. Peut-être aussi une certaine forme de tristesse s'insinuait-elle en nous, comme il arrive toujours en cet état, une tristesse sans cause, la tristesse des bois, juste parce qu'on est là, en corps à corps avec cette nature plus forte que nous.

Alors tu entendras, m'avait dit Charles la veille, quand il racontait ses histoires de chasse en exagérant comme tous les conteurs, tu entendras, semblable à la prière qui monte des minarets, un appel étrange et profond, venant du fond du cœur, une sorte de cri d'amour et d'embrassement, un bramement d'une virilité musulmane, un cri tel qu'il t'atteindra et te déchirera jusqu'aux entrailles. Tu te crisperas, tu te crisperas comme pour semer ta sève, d'autant plus que tu te sentiras profondément seul. Ne fais pas de bruit. Réponds à l'appel comme si tu devenais fidèle, puis braque ton fusil sans broncher et lorsque la bête chargera à fond de train, renversant tout sur son passage, se frayant un chemin vers le lieu où elle croit satisfaire son plaisir et son besoin, à cinq mètres de toi, à dix mètres tout au plus, tire sans hésiter, tue, mais ne cède pas à la peur.

Cinq heures d'attente. Rien. Nulle espérance. J'étais assis sur un tronc d'arbre, ne sentant même plus la présence de Charles. Je menais une lutte extrême contre l'humidité, le froid, le silence, la solitude, la crainte, la fièvre, l'angoisse, j'étais au même diapason qu'une bête, bête moi-même, animal, le cerveau kaléidoscopique, en confusion, girouette, songeant pêle-mêle à Jeanne à qui j'aurais voulu faire l'amour, imaginant avec peine comment les Indiens arrivaient à survivre en ces lieux cruels, rêvant de chaleur méditerranéenne, assis là plutôt qu'ici, à l'ombre d'un minaret dans une médina marocaine, attendant que la prière vienne apporter son message d'amour.

Tout à coup, ce que je désespérais d'entendre m'atteignit en plein cœur. Un bramement me fit me recroqueviller sur moi-même et sûrement Charles, qui l'entendit en même temps que moi, connut-il le même angoissant frisson.

Je fis exactement ce qu'il m'avait dit de faire. Je l'entendis alors imiter la réponse de la femelle et courir vers moi.

Il y en un silence bref avant que l'orignal ne charge comme une locomotive lancée à toute vapeur. Le sol tremblait. Le vacarme était intenable. Le bois sec cassait avec fracas. Nul homme ne répondra jamais avec une telle force et une telle fougue à son besoin d'amour. Voilà soudain la bête, à distance; elle se rapproche, se rapproche toujours; elle n'est plus qu'à cent pas, immense, plus qu'à cinquante pas, elle approche rapidement et dès qu'elle fut là où elle devait être, à quelques pieds de moi, je n'eus plus qu'à appuyer sur la gâchette. Pan! Le coup de fusil claqua, suivi d'un silence, d'une plainte et déçue, trompée par le subterfuge de l'homme plus astucieux qu'elle, la bête tomba raide morte. Tous les animaux environnants, sentant l'odeur de la poudre, s'enfuirent de ce lieu de mort.

Nous avançâmes lentement vers la bête. Nous étions blancs. Le canon de mon fusil fumait encore. Charles toucha l'orignal avec la pointe de sa botte pour vérifier s'il était bien mort.

Un filet de sang plus brun que rouge tachait son museau, les yeux brillaient encore et fixaient le vide ou un invisible point de non-retour.

— Une maudite belle bête, dit Charles, avec un trémolo dans la voix.

— Ouais, répondis-je, me laissant gagner par le même trémolo.

Et tous les deux nous nous mîmes à trembler nerveusement. Nous allumâmes une cigarette. Alors, oui, alors, ce qui ne peut s'expliquer arriva, nous nous sommes mis à rire et à pleurer, passant ainsi alternativement d'une émotion à l'autre. Puis, avec une sorte d'impulsivité, ou poussés par quelque chose d'inconnu, jusqu'alors caché en chacun de nous, nous nous jetâmes dans les bras l'un de l'autre, plus vivants que jamais, et jamais avec autant d'amitié.

Nous lui tranchâmes la tête. La peau fut enlevée. On l'ouvrit de part en part avec un grand couteau. Le sang giclait de partout, nous enivrait de sa forte odeur. Déments, fous peut-être, sûrement possédés, nous cédâmes à une poussée instinctive et en riant comme des insensés, nous nous couvrions mutuellement du sang chaud de la bête. On en avait partout. Le visage de Charles en était rouge et le mien tout pareil que la main de Charles barbouillait sans gêne.

Nous gardâmes le foie, qui est ce qu'il y a de mieux, nous dépeçâmes la bête en sélectionnant les meilleurs morceaux et ainsi alourdis par le poids de notre victime, nous prîmes péniblement le chemin du retour dans un état d'esprit qui, tel le balancier d'une horloge, vacillait entre le remords et la fierté, entre la culpabilité et le sentiment de puissance propre au tueur; guerriers gratuits, faux dieux s'étant approprié le droit de donner la mort.

À cette heure-là, le jour s'achevait; sans que nous y ayons pris garde, le ciel s'était couvert et laissait tomber sa première neige.

Nous marchions péniblement en suant sous le poids de notre chasse. On puait à plein nez. Le sang coagulait sur nous et nous prenions tous les deux conscience du désir qui paradoxalement montait en nous. Après avoir donné la mort, j'aimais la vie, et c'est porté par elle que je vis enfin apparaître la cabane de bois rond, les fenêtres à carreaux d'où s'échappait la lumière, la cheminée géante d'où sortait la fumée. J'avais hâte, je brûlais, la faim me tenaillait, les émotions se disputaient la suprématie et, voulant imiter la nature dans ce qu'elle a de plus viscéral, je tirai du plus profond de ma poitrine toute l'énergie et la force dont je disposais et j'émis un bramement irréel qui alla droit aux femmes dont on vit les silhouettes apparaître aux fenêtres.

— Bon Dieu, cria Charles, maudit, qu'elles sont belles!

Elles couraient déjà au-devant de nous, en poussant des exclamations de toutes sortes; femmes joyeuses et ravies, en attente, complices de notre tuerie, se moquant de nous, de notre saleté, du sang qui nous maculait, de la sueur qui nous coulait partout. Les bêtes que nous étions, en somme, retrouvaient les bêtes qui sommeillaient en elles. En symbiose, quoique moins fatiguées, moins exténuées, moins meurtries que nous, elles exultaient de joie, déjà prêtes au corps à corps.

— Attention au foie, dit Charles, c'est ce qu'on mange ce soir!

Nous nous délestâmes du fruit de notre chasse dans la remise attenante à la cabane, le mettant à l'abri des intempéries, des ratons laveurs, des loups ou des ours que l'odeur ne manquerait pas d'attirer. Les femmes nettoyèrent le foie et l'apprêtèrent tandis que nous nous lavions, Charles et moi, à même la grande cuve d'eau qu'elles avaient mise à chauffer sur le poêle à bois.

L'euphorie régnait. Plus on redevenait propres, plus on redevenait humains; en buvant de grands verres d'alcool, on s'aidait à oublier les guerriers gratuits que nous avions été. On se désinfectait jusqu'au cœur.

Quand nous fûmes lavés, frais rasés et presque beaux, nous vidâmes tous nos verres à l'unisson et nous passâmes à table en commençant par attaquer les truites que les femmes avaient pêchées dans l'après-midi. Nous bûmes beaucoup de vin, mais lorsque Jeanne apporta le plat attendu, le foie de l'orignal qu'on avait tué, ce fut l'apothéose, la rentrée triomphale, la gloire même de la table, la fête et l'hommage d'action de grâce à l'automne qui venait de s'enneiger.

Je ne sais plus quand, à quelle heure tardive, si c'est de ma chambre ou de celle de Charles, ou bien encore des deux, que des bramements d'amour envahirent notre cabane et ne s'arrêtèrent qu'à l'aurore quand d'autres orignaux se levaient et s'apprêtaient à courir vers de fallacieux baisers.

L'HIVER

Nul besoin d'avoir une peine, d'être malheureux, de connaître les déchirements d'un deuil, il n'est même pas nécessaire d'être triste ou chagriné, il suffit d'être dehors par un froid sous zéro pour pleurer doucement sans le vouloir et sans savoir comment s'arrêter. Et, comme on le dit, si les larmes sauvent de la folie, ces larmes-là sont déjà folles, puisque sans raison!

J'avais vingt ans à peine quand ça m'est arrivé, à l'époque où je vivais dans le grand Nord en qualité de commis dans un chantier de bois de coupe. Il m'incombait alors d'aller à pied, une fois la semaine, au dépôt le plus près, c'est-à-dire à sept milles, porter le sac qui contenait le courrier et les paperasses administratives. Je tenais à parcourir cette longue distance à la lumière du jour et comme en hiver les jours sont plutôt courts, je n'avais jamais le temps de m'attarder au dépôt pour lier connaissance, ranimer des contacts amicaux, ou tout simplement reprendre mon souffle à la chaleur d'un bon feu en buvant d'un trait le gin chaud que le chef du dépôt ne manquait jamais de m'offrir en cachette. Mais ce jour-là, il en fut tout autrement parce qu'il y avait fête. Je me laissai convaincre par un vieux de la vieille qui connaissait les bois comme le fond de sa poche que je pourrais rentrer en prenant un raccourci après avoir participé à leur joyeuse beuverie.

— Bah! commis, comme on m'appelait, tu ne vas pas avoir peur de la nuit?

Par amour-propre mal placé — l'amour-propre peut-il être bien placé? — je m'attardai à la fête et me mis à boire avec ces pauvres bougres l'alcool frelaté illégalement introduit dans le camp.

À vrai dire, ce n'était pas une vraie fête, joyeuse et sereine, mais un semblant de fête, car en ces lieux désolés et désolants, dans ce monde lointain, habité seulement par la solitude et l'isolement, un rien était prétexte au coude à coude, au rapprochement humain, animal presque, et nous éprouvions tous, autant que les chevaux dans l'écurie, le besoin de nous serrer les uns contre les autres pour partager la chaleur d'une promiscuité nécessaire à notre santé mentale.

Toujours est-il que le temps passa, que les verres successifs firent sentir leur effet et que j'oubliai un peu trop que le jour n'allait pas m'attendre pour me raccompagner. Et c'est un jeune homme ivre, tuque de laine mal enfoncée sur la tête, manteau ouvert, foulard au vent, lacets de bottines dénoués, poche de toile vidée de son contenu et traînant par derrière, qui prit le chemin du retour par le raccourci que le vieux de la vieille lui avait indiqué.

Il envoyait des «au revoir», des «à la semaine prochaine», avant de se décider à partir pour de vrai, puis, euphorique, s'engagea dans le sentier sauvage en hurlant, plutôt qu'il ne les chantait, des chansons tellement grivoises qu'il les a toutes oubliées.

Le froid était si prenant et le vent si fort que, malgré la factice immunité de mon ivresse, je dus m'arrêter après quelques pas pour m'armer convenablement contre la nature. Je laissai tomber le cordon de la poche de toile, enlevai mes mitaines, laçai mes bottines, attachai les boutons de mon manteau, enroulai le grand foulard autour de mon cou en prenant soin de cacher mon menton et, une fois ma tuque bien calée, je repris mon sac vide et m'engageai sur le chemin du retour. Mais voilà, pendant tout ce temps-là, le froid avait déjà commencé son œuvre, il s'était infiltré dans mes bottes, dans mes mitaines, partout!

Je me suis donc mis à courir pour me réchauffer, mais j'étais encore un peu ivre et, inconsciemment peut-être, pour rattraper le temps perdu, je faisais des pas inutiles, je zigzaguais et je luttais contre les tiraillements de mon estomac qui délibérait à savoir si je devais digérer ou remettre le mauvais alcool que j'avais bu. Le jury intérieur rendit son verdict à froid, et c'est accroupi dans la neige, en me tordant de douleur, que je purgeai ma sentence et me vidai de tout ce que je devais remettre, l'estomac me faisant pousser des hurlements barbares, l'effort me laissant en sueur et, honteux plus que triste, soulagé mais vacillant, je repris tant bien que mal ma marche incertaine.

Qu'avais-je fait? Cette grosse heure de marche m'avait amené dans un cul-de-sac! Le sentier qui devait me permettre de gagner du temps ne débouchait pas. Rien à gauche, rien à droite, que des arbres et, de-ci de-là, des pistes de loups, de chevreuils et de renards. Je fis demi-tour pour essayer de m'orienter, mais je ne rêvais pas, derrière moi, il y avait deux sentiers. Par lequel étais-je venu? Celui de gauche ou celui de droite? Je l'ignorais complètement et j'avais beau chercher les traces que mes pas avaient laissées, où cent autres pas s'étaient déjà imprimés, je ne trouvai rien de mieux que de suivre le vieil adage des coureurs des bois: «Si tu rencontres deux chemins, prends celui de droite, il mène toujours quelque part.» Ce que je fis en regardant ma montre. Il était sept heures du soir.

Il n'y avait pas une seule étoile au firmament. Le vent soufflait à toute haleine. Le froid descendait de plus en plus et, au crissement de la neige, je savais que cela ne faisait que commencer.

Je fus pris de regrets, de crainte. J'imaginai que des loups me surveillaient à distance et n'attendaient rien d'autre qu'une chute pour me sauter dessus. Et les ours, ah non, ils hibernaient, mais qu'importe, le moindre bruit insolite — la forêt n'est faite que de cela — me terrorisait. Je sursautais pour un rien, des fantômes me suivaient, j'avais peur de mon ombre même si je doutais d'en avoir une, mais je marchais quand même, porté par l'angoisse de ne plus revoir ni mon camp ni ma cabane et sans savoir si j'étais sur le bon chemin. Qu'allais-je faire si je m'étais égaré? L'idée que je pouvais allumer un feu me rassura. J'avais faim, mais j'avais moins que rien à me mettre sous la dent; au camp, tous avaient déjà quitté la table et ils s'apprêtaient à veiller un peu avant d'éteindre les lampes à l'huile.

C'est alors que le vent redoubla, soulevant dans sa course une poudrerie qui rendit tout invisible. La lampe de poche que je portais toujours avec moi projetait un rayon aussi inutile qu'un trait blanc perdu dans le vide. Je m'armai de courage et résolus de foncer devant moi, coûte que coûte, jusqu'à ce que je rencontre âme humaine. Et voici qu'au moment précis où je m'enhardissais, comme un coup de couteau, pire, comme une brûlure, le froid mordit à pleine dents, tellement que je me mis à pleurer, tellement que je dus arrêter ma marche et m'appuyer à un arbre pour brailler tout mon soûl.

Que n'aurais-je donné pour être en cet instant même installé devant un bon feu de cheminée, ou blotti dans la chaleur de mon édredon, ou assis à table devant un bol de soupe fumante. J'aurais préféré la ville puante, sa grisaille, sa neige qui n'en était pas; j'aurais vendu, donné mon âme pour un instant de chaleur, et comme je n'avais déjà pas plus d'âme que de feu, je fis un immense effort sur moi-même et, bravant mes larmes autant que le froid et la tempête, je repris le sentier en me guidant sur les arbres qui le bordaient. Les yeux presque clos embués par la neige, emmitouflé autant que je le pouvais, je traînais les pieds plus que je ne marchais et, petit à petit, vers les dix heures du soir, j'atteignis ce qui me sembla être une clairière. Ce n'en était pas une, c'était un grand lac tout gelé, tout blanc, sans borne, le lac au bord duquel quelque part se trouvait mon camp. Mais où fallait-il aller? À gauche? À droite? Devant moi?

J'essuyai du revers d'une manche les larmes qui coulaient et de l'autre manche la morve qui formait un glaçon sous mon nez puis, regardant par terre, comme si c'était un miracle, je vis des traces de pas que la poudrerie n'avait pas encore complètement effacées.

Avec quelle peine je posai mes pieds dans ces empreintes et me traînai tellement gelé que je craignais que mes membres ne cassent, tellement fatigué que soudain je tombai face contre neige dans les bras d'un linceul où je perdis connaissance.

L'ENVERS

NORD

Nord blanc, écume du cheval hennissant en mal d'une jument que l'éternité habite; frimas à barbe du vieillard immortel dont la peau transparente laisse voir tout un réseau de patiences, de labeurs, de persévérances, d'ordres et de calculs.

Le sang des Nordiques est blanc et peut-être faut-il se demander s'il coagule!

Nord, organisation. Nord, certitude de la non-déviance, attrait magnétique, équilibre de l'axe sur lequel tourne la planète alors qu'en ses surfaces les pôles dévient en quête du Nord immuable, immobile.

Nord blanc des fumées des cheminées des usines, blanc aseptisé des laboratoires où des Blancs enfantent d'autres Blancs dans la blancheur du temps infini de blanchitude, blanc, neige du Nord et des glaciers, étendue sans fin et cause de fixitude. Blanc du Nord des hivers qui se suivent. Épinettes, sapins, frêles bouleaux blancs à l'écorce tachée du noir Sud.

Le roi des rois est nordique et son royaume s'étend de gauche à droite jusqu'aux immenses frontières fleuries du Sud. Son trône est mobile et serti d'opalines et de pierres de lune. Il est toujours vêtu de laine et couvert de son manteau d'hermine. Sa couronne, aussi légère que le vent, est taillée dans la glace éternelle et a plus de feux que les plus beaux diamants. Son sceptre, d'alliage atomique, émet autant d'éclats qu'il en réfléchit quand les aurores boréales incandescent la Voie lactée et émerveillent les continents qui reculent vers leurs limites.

Chaque mois, quand la lune bat son plein, il se livre à la parade et quitte son trône pour partir en balade, fait venir son chariot suspendu dans le vide, s'y transporte par sa seule volonté et il commande d'avancer aux milliers de souris blanches qui tirent son attelage relié par des fils d'argent soudain secoués qui se tendent en reflétant les éclats éblouissants de la pleine lune. Alors, sans aucun effort, les souris avancent en émettant des petits cris si aigus qu'ils se confondent au silence.

Le roi va visiter la partie de son royaume

qu'il n'a jamais cédé et, d'Est en Ouest, jusqu'au Sud, il vérifie ses frontières. Cela fait, s'étant rassuré de sa certitude, il jouit de son État.

Ordre, organisation, obéissance, oppression, obsession, ode et ordonnance sont les mots dont la première lettre a la même forme que son anneau royal sur lequel sept «O» sont enlacés comme ils le sont sur son sceau. Il ne s'en sert jamais; il ne donne aucune ordonnance en espérant que son peuple sera assez sage pour n'en point exiger. Il laisse chanter tous ceux ou celles qui veulent lui chanter une ode. Nulle obsession n'est interdite, car il les tient toutes utiles pour colmater les failles de la perfection quand il lui arrive de se tromper. Le «O» de l'oppression figure sur son sceau sans qu'il sache pourquoi, quoique ne s'en étant jamais servi, il sait s'en servir, mais s'en garde bien sachant qu'il serait peut-être la première victime. Ordre est à son royaume ce que la vérité est au mensonge. Ordre donc d'ordonner le gouvernement de la vie en l'organisant. N'a-t-il pas des usines, des machines, des outils, des mains et des génies pour l'ordonnance? N'est-il pas l'essence même de l'organisation? N'est-il pas le roi des rois? Il ne craint ni le froid, ni la neige; il ne craint rien d'autre que lui-même. Il est LE roi!

Il passe en revue ses sujets sans lesquels il n'y aurait pas de royaume. Il passe. Et, tel les glaciers, il avance de tout son poids, avec prestance. Il ne veut pas conquérir, il conquiert par la force des choses. Il s'insinue, déplace les montagnes, bouleverse. Il est sans âme, désentimentalisé, sans culpabilité, fort de sa puissance et il aime son règne par fatalité.

Nord blanc. Nord, roi des tempêtes. Roi des rois. Nord blanc, angoisse, gel de la temporalité, fin des fins parce que certitude. Nord, rafales, mue envahissante, éternel Nord en souffrance des nuits éternelles où les étoiles ne peuvent jamais mourir.

Omniprésence du blanc. Omniscience du Nord. Frissons perpétuels que nulle fourrure et que nul feu ne peuvent apaiser.

Quand le roi a terminé sa balade, il rentre en son palais où l'attendent, assises dans la salle du trône, au pied de sept colonnes géantes, les sept vierges chaque mois trouvées parmi les soixante-dix millions de jeunes filles que sept mille manda-tés ont la tâche de trouver en ces latitudes. Elles sont les plus belles, toujours. Elles attendent, lavées, parées, vêtues selon les règles des sept rayons cosmiques que nul ne peut comprendre, sauf le roi, le «gémeau» de la connaissance.

La vierge du premier nombre est rose comme

64

fleur. La deuxième se divise en autant de composés qu'elle se compose et donne aux glaciers les éclats même du soleil. Quant à la troisième, comme le roi, elle se veut blanche, mais elle est toute de noir vêtue, sans éclat, celui-là de ces noirs qui ressemble à la couleur des nuits sans lune, et la quatrième vierge choisie parmi les sept mille mandatés est rouge, non d'appartenance au roi, mais d'orgueil, et fait pâlir la modestie de la cinquième vierge dont la robe bleue tourne au mauve. La sixième, d'or, d'argent et de bijoux vêtue, contraste étrangement avec la septième que des tissus blancs habillent ou déshabillent selon les courants que provoque la gestuelle des six autres.

Elles n'ont pas été réunies pour aimer le roi, mais pour le glorifier et elles réservent leurs grâces aux sept gardiens du sceau qui n'attendent qu'un signe du roi pour entrer en métamorphose.

Le premier gardien devient alors l'opposé de la violence. Le deuxième se transforme en tolérance. Le troisième, assistant à la transformation de ce dernier, devient lui-même l'équité; et le processus se poursuit ainsi du troisième au septième pour donner en sept hommes la perfection offerte à sept vierges privilégiées.

Alors, ils n'ont plus qu'à se regarder et, se regardant, vont l'un vers l'autre en choisissant selon les règles, c'est-à-dire avec infaillibilité. Le roi, du haut de son trône, sourit étrangement, ravi de sa continuité, car de lune en lune, de balade en balade, chaque mois apporte au royaume assez de sujets pour que succède au trône l'un des fils que les sept gardiens et les sept vierges auront engendrés.

Le processus de succession obéit à une règle plus que simple. Dès que l'ennui s'empare du gouvernement, il faut passer la couronne à un autre, car l'ennui engendre la paresse, la paresse fige et les sujets risquent de mourir d'inanité ou de froid. C'est alors que le royaume est ébranlé par les sept secousses des symboles du sceau et ce tremblement occulte oblige le roi à tenir séance et à céder son trône pour aller se ranger parmi les honorables vieillards qui conseillent l'Histoire.

Le roi réunit donc les gardiens et les vierges qui ont été choisis à chaque pleine lune et la salle du trône se remplit d'autant de gens qu'il y a eu de jours sous son règne. Foule il y a. Tous ont voix au chapitre, mais fête c'est quand la foule se divise en sept groupes pour élire un couronnable. Ainsi les élus vont s'éliminant, groupe après groupe, jusqu'à ce qu'il n'y ait plus que sept éligibles parmi lesquels un seul sera roi car, selon les règles, les femmes se seront éliminées.

L'ordre étant de règle, l'organisation jouit de toutes les logiques. La transmission s'effectue dans l'obéissance des règles. On chante une ode à celui qui quitte sa couronne et une autre à son successeur. On n'opprime pas ceux qui ont servi l'ancien roi; on leur reconnaît des avantages de servitude et, lorsque le nouveau roi accède au trône, l'obsession de servir triomphe. Le pouvoir émet alors sa première ordonnance qui se résume à ces mots: «Faites, selon les règles.» Nord blanc. Nord des tempêtes. Nord sans âme, asservisseur asservi à lui-même. Nord, neige, glaciers mouvants, pôle du monde, nombril de la boussole, essence de l'essence, règle des règles, Nord que l'Ouest rouge menace.

Le nouveau roi, selon les règles du sceau, fait tout le contraire de son prédécesseur. Les sept «O» prennent un tout autre sens. L'ordre règne, soit, mais l'oppression empiète sur l'obéissance. On ne chante plus d'odes. On va jusqu'à l'ordonnance, et ce règne va lentement vers l'ennui qui le sauve...

OUEST

Chaque fois que le soleil s'étire et bâille, il faut se méfier des apparences de paix et de repos qu'il évoque.

En regardant, avec patience, l'intérieur du cercle enflammé, certains peuvent voir surgir la horde des belliqueux montés sur leurs chevaux harnachés de cuir rouge, portant l'épée scintillante et des boucliers à l'effigie de la mort, non pas mort symbolisée par un crâne, mais mort en soi, mort des œillets et des roses.

Et les cavaliers ont des regards de haine et de conquête. Ils ne respectent rien et ils étendent leur violence comme leurs étendards qui volent au vent, chaque fois que le vent tourne en leur faveur. C'est ainsi qu'ils émergent du soleil couchant à l'heure même où les contemplatifs entrent en leur ivresse méditative.

Or, le soleil se couchant à la vue des trois points cardinaux qui le guettent, la horde s'amplifie, se fait multitude et le cortège avance au galop dans un roulement de sabots accéléré par les éperons qui blessent les flancs des chevaux. La vue du sang qui coule et coagule dans les poils lustrés des bêtes excite les cavaliers et la horde charge, enivrée des parfums de l'enfer.

Le roi rouge n'est plus. Il a été dévoré par des chiens qui, depuis, règnent sur l'Ouest en une meute innommable et précèdent les cavaliers qui sortent du soleil pour conquérir tout ce qu'il irradie.

Ces bêtes régnantes parlent entre elles un langage inaudible aux hommes. Elles n'aboient jamais, ni ne hurlent, et quand elles parlent, leur tête rivée à leur corps oscille de gauche à droite dans la méfiance de tout ce qui peut venir d'ailleurs.

L'hégémonie, le totalitarisme, le génocide, l'unanimisme, la dictature, la guerre essentielle, oui, la guerre, sont les thèmes gravés sur leurs blasons et ces mots suintent et maculent tout ce qu'ils laissent sur leur passage depuis des siècles et des siècles de sang versé au nom de leur puissance. Ni Dieu, ni Diable, rien ne les retient. Ils sont. Et quand le soleil va se coucher, plus les cavaliers auront eu le temps d'en sortir pour leur funèbre nuit, plus l'Ouest rougira à feu et à sang.

C'est ainsi que, suivant la meute, les cavaliers s'attaquent à ceux qui ne savent plus se défendre. Hommes, femmes, enfants et des légions de gitans, par centaines et centaines de milliers, trouveront la mort.

Par des tactiques connues et millénaires, ils sauront les cerner en une famille anonyme, déracinée et ils les attireront dans les déserts qui leur appartiennent puisqu'ils les ont conquis. Quand l'œuvre de mort aura été accomplie, ils commenceront d'incendier le ciel avec les cadavres dont les âmes innocentes et plaintives éclabousseront la lumière du ciel au profit des naïfs qui s'imagineront que le soleil se couche amoureux de ses propres feux.

Erreur.

L'Ouest est rouge. Ses chiens-rois n'aiment que le sang, et les cavaliers qui les suivent ne sèment que haine et discorde, mais quand les chiens-rois abreuvés de sang sont si repus qu'ils ne peuvent plus bouger, quand les cavaliers ne font plus corps avec leur monture, tant ils sont comme leurs chevaux totalement épuisés, s'élève la grande chorale des morts réunis en une invisible procession à laquelle vient se joindre la chorale de ceux qui vont mourir. Des icônes, des médailles, des statues incitent à la soumission et à la résignation, mais ces objets investis d'un pouvoir sacré ne sont que des symboles au-delà de la réalité triomphante.

Pendant ce temps, sous les feux d'un soleil qui s'éteint et sous un ciel de plus en plus fauve, des morts déterrent d'autres morts. On déterre pour mieux enterrer et la terre remuée ravive en pensée le désordre des corps, l'odeur des chairs brûlées, le grésillement sourd des os.

Ouest rouge. Cratère des convictions fanatiques. Ouest où les prisons sont pires qu'ailleurs parce que sans barreaux. Ouest, horrible Ouest rouge où les femmes qui mangent des pierres nourrissent leurs enfants jusqu'à ce qu'elles en meurent.

Ouest, cimetière perpétuel, Ouest, contraire à l'amour.

L'Ouest a pour rois des chiens d'une race impure, amalgame de bêtes étranges qui se seraient accouplées dans le délire d'un siècle de déraison où l'on ne différenciait plus les hommes des bêtes et les bêtes, par quelque étrange raison, ont eu raison de la raison des hommes. Ces chiens-là se tiennent presque debout, sauf quand ils courent, et leurs griffes sont plus à craindre que leurs mâchoires dont les dents ressemblent encore à celles des hommes. Ils sont grands et forts, de taille mince; leur peau de porc est rose et luisante et, comme eux, ne respire pas, de sorte que pour se rafraîchir ils doivent se vautrer dans le sang et la fange.

Mais, alors que les esprits des hommes soumis aux bêtes poursuivent leurs objectifs de guerre et de conquête, alors que les femmes allaitent la mort en toute inconscience, certains enfants qui échappent au destin commun organisent l'exode dans le plus grand secret, le silence.

Les yeux brillants quoique apeurés, maigres et chétifs, le ventre gonflé de pierres, les bras volontaires, le cœur pur mais aliéné, l'âme rouge comme l'eau des fleuves et des rivières, ils vont, un à un, de l'un à l'autre, se reconnaissent à des signes singuliers, ceux qui, parmi eux, par leur intelligence et leur goût du goût de survivre, ont appris clandestinement à parler le langage des chiens. Commence la quête de l'autre et c'est lentement que se forme la cellule des temps nouveaux dont les membres partagent le même espoir de délivrance.

Or, un soir, après avoir coupé ses tresses en

un geste décisif, celui qui parle tous les langages va tout seul, nu, affronter le chien de tête de la meute qui règne sur la horde des barbares. Il avance sans crainte, sans bruit, et, parvenu devant le chien de tête qui reste couché, il lui parle en son langage. Toute la meute dresse les oreilles, puis la tête et des centaines d'yeux jaunes se posent sur l'enfant. La conversation se poursuit longtemps. L'enfant ne fait aucun geste. Les bêtes ne bougent pas, mais au bout d'un certain temps, le chien de tête se lève, se laisse caresser et se soumet à la raison de l'enfant qui, humblement, lui monte sur le dos. Sa suite se lève et la meute apaisée change son destin.

Par un étrange phénomène de mémoire génétique, les enfants se souviennent et c'est avec d'infinies précautions qu'ils évitent d'éveiller les soupçons et la méfiance des barbares privés de leurs chiens, donc sans gouverne.

Quand tous les enfants eurent monté leur chien, la meute se mit en branle et, au même instant, de tous les cimetières, de toutes les églises, de tous les temples et de toutes les mosquées s'élevèrent les voix des grandes chorales. Des icônes, retrouvant la voix, se mirent à reparler comme naguère. Les femmes qui allaitaient les morts cessèrent et au lieu de mâcher des pierres s'en servirent comme arme et, les bras chargés, belles dans leur horrible laideur, elles commencèrent de lapider les barbares sans gouverne. Des pierres tombaient sur eux, venant de partout, et le bruit était intenable. Et les hommes, retrouvant la raison, fous, se mirent à leur tour à incendier tout ce qui était incendiable.

L'Ouest rouge. Son soleil bâille encore, mais ce n'est plus la horde des cavaliers qui en sort, ce sont les enfants à cheval sur les chiens, ayant à leur tête, droit, assis, nu, les tresses coupées, le regard accroché vers l'Est des rêves, celui qui croit parler tous les langages.

Ils vont lentement, ils vont et le soleil tourne au jaune. Ils vont, confiants, et le soleil les avale tous avant de refermer la bouche et de s'endormir.

Ouest au roi dévoré par la démocratie des forces d'en bas. Ouest barbare. Plèbe rouge de l'Ouest. Il n'y a plus que des esclaves!

SUD

Sud du soleil perpétuel, d'Est en Ouest éblouissant et de l'Est et de l'Ouest se méfiant à ce point que le roi noir qui est une reine a fait ériger le long de ses frontières une colossale haie de rosiers géants constamment en fleurs qui parfume le ciel et endort l'ennemi possible. Ses épines, longues comme des épées et aussi dures que l'ébène, éloignent ceux ou celles qui sont tentés de franchir les frontières, car on ne peut accéder au noir qu'après avoir traversé la nuit du deuil, de la souffrance, de la faim, de la soif et la plus cruelle des nuits, celle de la rencontre de la solitude.

Sud des bougainvilliers, des roses et des hibiscus. Sud des fleurs du monde. Sud des eaux chaudes où des poissons à tête d'homme nagent doucement. Sud des vents chauds où des oiseaux à tête de femme planent au gré des courants, indifférents au monde, eux-mêmes rois et reines de leur univers qui n'a rien en commun avec celui des hommes.

Paradis noir.

Sud, ombres évocatrices. Sud où l'on n'enterre pas, où l'on empile les morts dans des cubes de marbre blanc pour que le soleil les dessèche et, de morts en morts, on a construit des forteresses qui brillent de blancheur phosphorescente quand le soleil surplombe et projette une ombre si douce qu'hommes et femmes viennent s'y asseoir pour tempérer leur âme calcinée par les débauches, les orgies, la luxure, la dépravation, les transes et tous les excès du sang versé pour le sang versé.

Sang du Sud noir, sang des révolutions qui ne révolutionnent que le passé.

Le rire des Sudistes est éclatant de blancheur, peu importe ce qui le provoque, mais le rire a l'éclat du sang et le sang a l'éclat du rire.

Ils dansent sans arrêt au son des cordes, des tambours et des lyres. Tout leur corps n'est que frémissements. Ils sont beaux, elles sont belles, tous à l'image et à la ressemblance du roi noir qui est une femme et qui porte le nom de Reine.

Sud noir, processions et parades: croix, cagoules, masques et mensonges. Sud des robes de deuil et des yeux cernés. Sud cynique et transparent. Sud, miroir où le soleil déverse ses spasmes de joie.

Les Sudistes élaborent, remettent à demain, songent et re-songent sans se presser; ils trament, ourdissent et, soudain, ils bondissent sous l'effet du choc qu'ils ressentent chaque fois que le soleil leur annonce que Reine va leur être montrée.

On appelle ce jour, fête de la Plénière.

On s'y prépare des semaines et des mois; on se costume, on pare le Sud avec éclat, on le parfume encore et encore; toutes les musiques s'ajustent et le peuple entier entre dans une transe sans limites.

On repeuple le royaume au hasard des désirs et des rencontres. On s'enivre, on se drogue, on fait le possible, on va jusqu'à s'avilir tant on craint, chaque fois, de voir Reine, d'en perdre la raison. On se met donc en état et pour atteindre l'état, il faut en arriver à ne plus être soi, donc à n'être rien.

À l'heure du midi, quand le soleil est au centre même du Sud qu'il écrase, ses rayons frappent les parois d'étain de la pyramide où vit Reine entourée de ses muses. La pyramide se déploie

alors lentement, de haut en bas, et les miroirs inté-
rieurs réfléchissent le soleil sur les trois faces et
concentrent la lumière sur Reine qui apparaît, la
tête couronnée d'un diadème, les bras nus, les
doigts lourds d'or, les seins nus, les hanches
empoignées par des mains d'or qui la tiennent
comme par enchantement, le sexe couvert de diamants, les pieds posés sur la tête souriante d'un
Noir qui pleure.

Elle reste là, immobile, dans toute sa grâce,
sa superbe beauté et, quand le soleil commence à
quitter son midi, les trois pans de la pyramide se
referment d'eux-mêmes en se renvoyant l'image
de Reine qui, se voyant ainsi en ses trois faces, les
hanches soudées aux mains en or qui la montrent
sous tous ses angles, tombe en pâmoison devant
sa propre beauté, pousse un énorme cri en repous-
sant du bout du pied la tête souriante d'un Noir
qui pleure encore.

Quand les parois de la pyramide se referment
sur Reine, les muses s'affairent à la consoler de sa
privation de lumière, mais en vain, car elle reste
inconsolable et seules les conjonctures lui permet-
tront de se regarder à nouveau.

C'est alors que les muses apparaissent au
peuple, l'une après l'autre, selon un cycle prédé-
terminé et immuable. Chaque apparition est l'oc-

casion de nouvelles festivités où ceux qui n'ont pas pu peupler le royaume peuvent encore tenter de le peupler en conformité avec la loi de l'Essentiel. On fête la poésie, la musique, la danse; on fête le génie, on fête tout ce qui inspire et ceci jusqu'à ce que la tête souriante du Noir qui pleure cesse de pleurer.

Sud noir, saisons des pluies torrentielles, des larmes et des sourires éclatants. Sud noir des jours sombres où les poissons à tête d'homme quittent les eaux pour enseigner, prêcher et convertir à l'Essentiel. Sud noir, saisons des vents chauds et des sols calcinés, saisons des vols d'oiseaux à tête de femme qui planent au-dessus de tout ce qui est bas. Règne d'oiseaux à tête de femme! Sud soumis à la pauvreté. Reine qui règne dans le triangle de ses miroirs refermés sur elle-même. Reine, perle noire face au Nord blanc qui vieille. Sud chaud où planent des oiseaux qui bougent à peine au gré des ondes et louangent de leurs petits cris l'éternelle Reine.

Quand la fête des muses est terminée, le peuple entre en période de jeûne, de carême, de flagellation, de supplice, de torture. Il porte des bannières et des croix en d'interminables processions. Le peuple supplie, se lamente, implore, réclame, puis quand il se sent épuisé d'excès contraires, il se cherche un autre Noir à qui couper la tête souriante pour l'offrir à Reine dans l'espoir qu'elle daignera encore se montrer à eux.

On trouve alors un Noir, le plus beau, le plus pur qui soit, celui-là même qui pourrait être roi s'il n'y avait pas Reine.

On le rase, on le lave, on le coiffe et on le parfume. On le revêt d'une tunique blanche et on le promène parmi le peuple qui l'admire et ne comprend pas que lui, l'élu, puisse sourire avec tant de lâcheté et pleurer avec tant de faiblesse devant le sort qui l'attend et qu'il connaît. On l'amène au pied de la pyramide et les muses, l'une après l'autre, viennent lui arracher la tête, sans douleur, sans souffrance, pour la séparer du corps qui s'en va sans savoir où aller...

Le Sud noir a pour roi une femme transcendée. Reine noire du Sud ensorcelé.

Les muses apportent la tête dans la pyramide pour l'offrir à Reine et la consoler de son obscurité. Ravie par l'offrande de la nouvelle tête du roi qu'elle aurait pu être, elle se ressaisit, se console et commence d'espérer et d'attendre que le soleil d'un certain midi qui se fait languir vienne à nouveau frapper les parois de sa pyramide pour qu'elle se déploie et la déploie dans toute son essence.

Sud noir, peuple calciné dont la braise donne des diamants pour vêtir le sexe de Reine où le merveilleux se mire au soleil du midi, quand la tête souriante d'un Noir pleure sans cesse et que son corps va, sans savoir où aller, en longeant la haie frontalière des rosiers.

EST

Est jaune, dépotoir de l'Est, si bien situé entre le Nord blanc et le Sud noir. Est paradoxal et singulier, le tout et le rien, la pauvreté ultime comme la richesse indécente, la luxure totale et la sainteté; mais il n'y a jamais de combat, car les paradoxes s'entendent et se complètent.

Tous les gens de l'Est sont jaunes, car à l'Est, le jaune est roi et il se retrouve en chacun de ses sujets, soit par la couleur de la peau, soit par la couleur de l'âme.

Le jaune est roi et ce roi possède trois têtes parfaitement semblables, mais qui se distinguent les unes des autres par le regard. Une des têtes a des yeux verts, celle du centre a les yeux noirs et la tête qui regarde toujours vers le Nord les a bleus. Chaque tête a son propre cerveau.

Chaque bouche parle sur un ton différent, mais chaque bouche ne peut prononcer qu'un mot à la fois. Ainsi, la tête qui regarde au Nord dit «oui», celle qui regarde à l'Ouest dit «non», et la troisième dit «j'ignore». La légende ajoute que c'est à partir de ces trois mots-là que le Conseil des mandarins décida de rédiger la constitution de l'Éden et que l'Éden fut.

Paradis des paradoxes. Tout y est possible et les mots mesure et démesure ont un sens. «Oui», «non», «j'ignore» figurent sur les drapeaux qui flottent au sommet des tours qui protègent les frontières. Est aux bras étendus. Est face aux barbares. Est crucifié, la main gauche sur le Sud, la main droite sur le Nord.

Si l'État a ses bannières, chaque citoyen ou groupe de citoyens peut brandir la sienne. C'est pourquoi, en pénétrant dans ce gigantesque dépotoir, on peut voir flotter, ici et là, aux vents d'Est toujours en mouvement, des étendards brodés de la faucille et du marteau, de la croix papale et de la croix gammée, du soleil levant ou encore de la croix de Judée.

En ces lieux constamment éclairés au néon, on ne distingue plus le jour de la nuit et l'on ignore si l'on vit sur terre ou sous terre.

Le roi est jaune et se retrouve en chacun; ce qui donne le désordre ordonné, la permissivité contrôlée, l'excès à l'excès. Ici, le génie côtoie l'idiot, les machines donnent des ordres, le profit est illimité, la pauvreté déchéance, le mot plus le dispute au mot encore et la satiété est un non-sens. Malgré tout, on a pu donner naissance à des savants, des prophètes, des guérisseurs, des logiciens, des devins et quelques fous. Comme ils sont en si petit nombre, c'est à eux tous que le roi à trois têtes demande conseil avant de prendre une décision, de proclamer un édit ou d'abdiquer, car à l'Est le roi se doit d'abdiquer par simple souci de respecter le paradoxe et de condamner à son tour ce qu'on lui a reproché: son autoritarisme biaisé, sa dictature démocratique, son oligarchie officielle et sa soif constante d'expansion territoriale. Est jaune, usines, hauts fourneaux, pollution, promiscuité. Est du petit matin de l'aurore pauvre et riche du commencement du jour. Éden métamorphosé en poubelles.

L'énergie ne suffit pas, on en invente. On gaspille tout en commençant par soi puisque c'est l'usage et, quand on se confronte au seuil de l'impossible, on a encore le choix de se métamorphoser ou de se réincarner. C'est pourquoi des millions de fourmis jaunes, aussi grandes que les hommes, envahissent le dépotoir et se confondent à la foule anonyme. À ces millions de fourmis géantes s'ajoutent tous ceux et celles qui se sont métamorphosés en rats et dont la tête se distingue de celle des autres rats par les dents qu'ils ont plus longues.

Morsures à douleurs lancinantes. Horribles morsures à l'âme!

D'autres humains, épuisés de l'être, se sont changés en taupes. C'est le plus grand nombre, car c'est le choix préféré des soumis inconditionnels, les plus pauvres et les plus sombres. Quelquefois, par-ci, par-là, un troupeau de cochons, un nœud de serpents, des crocodiles et des dragons, aussi des lézards en grand nombre et des singes si intelligents qu'ils comprennent le sens du monde. Et si certaines femmes se sont réincarnées en chats, rares sont celles qui n'ont pas préféré la peau du serpent ou celle de la lionne.

Est, déraison, profits, argent, combines, meurtres gratuits, foule et surnombre. Est, exaltation et hystérie.

Certains jours rares, le roi jaune à trois têtes décide de rendre visite à ses voisins dont il prétend recevoir des ondes. Le Nord lui est parfois bénéfique, le Sud l'est tout autant et quant à l'Ouest, il en connaît tous les secrets.

Est, tentacules, méandres, monde souterrain, fourmis et autres humains en quête de leur dégénérescence. Est, impossible satisfait, gourmand privilégié, repu. Est, impossible satisfait, frugal, infortuné et démuni.

Un soir, dévoré par ses nombreuses envies, le roi jaune à trois têtes tient conseil. Le conseil se réunit et l'entend patiemment, mais tandis que le roi discourt sans fin, les conseillers se lèvent les uns après les autres et vont vers leurs subalternes leur donner des ordres précis. Lorsqu'enfin le roi a terminé sa trop longue palabre, il ordonne au conseil de préparer son voyage et il annonce qu'au retour, il abdiquera.

Le conseil accepte, mais tout ce temps, les conseillers à la défense ont déjà envoyé des oiseaux-chasseurs et d'autres sortes d'oiseaux sillonner le ciel sans cesse, en formation d'oiseaux. Leur long bec noir luisant, fermé, épouse l'air et leurs yeux à facettes surveillent lucidement de gauche à droite, de haut en bas, les possibles oiseaux qui pourraient leur ressembler et menacer leur champ de vision ou de passage.

D'autres ordres émanent du conseil des savants et ont pour résultat de doubler les recherches. Ainsi des logiciens, des géographes, des chimistes et toutes sortes de savants donnent toutes sortes d'ordres. Seuls les fous n'ont pas à en donner, mais ils laissent entendre, à mots couverts, que la catastrophe est imminente, même si le roi a promis d'abdiquer, car ils savent que c'est toujours le même roi qu'on remet sur le trône puisqu'il n'a jamais eu de vie propre. Il a toujours été, ne va jamais mourir et continuera toujours à dire «oui», «non» et «j'ignore». Cependant, quand les trois bouches et les trois têtes s'accordent avec la mécanique qui leur permet de parler, il arrive parfois qu'elles disent: «J'abdique.»

Le conseil permet donc au roi jaune à trois têtes de partir en voyage chez ses voisins qu'il envie. On le sort pour la circonstance et, avant de le propulser, le peuple averti vient l'admirer, l'aduler et s'incliner devant sa puissance.

C'est un roi immense fabriqué de métaux rares et précieux, sa mécanique rivalise de complexité avec celle des autres hommes, incarnés ou réincarnés, métamorphosés ou transformés. Son cerveau vaut à lui seul les cerveaux de tous les membres du conseil qui l'ont programmé. Sa force est spectaculaire, sans limites et sans pitié et ses trois têtes lui donnent un pouvoir absolu.

Quand le peuple a terminé ses adulations, que les musiques se sont perdues en écho, le conseil charge le doyen de propulser le roi jaune à trois têtes.

La terre tremble. Tous les citoyens, y compris les fourmis, les taupes, les lézards, les serpents, les oiseaux, les lionnes et même les singes ont peur, mais ils frémissent d'orgueil et de joie. Le ciel s'ouvre. Une boule de feu qui rivalise avec le soleil irradie l'Est et le roi jaune à trois têtes s'élève pour disparaître dans le ciel où il fait trois fois le tour de la terre. Ses trois têtes surveillent les trois autres points cardinaux, puis, informé de l'état de ses voisins, il conclut que le Nord l'attend déjà, que le Sud est sur ses gardes.

C'est alors que ses trois têtes se confondent en une seule, ses six yeux n'en font que deux et, le temps d'une seconde, il fixe l'Ouest puis fait demi-tour, indifférent à son geste, et rentre en son royaume où on l'attend pour fêter l'abdication et le recouronnement au cours duquel il retrouvera les têtes qu'il a perdues au combat.

Est, Ouest, métamorphose. Est, Ouest, jaune et rouge, jaune orange, comme les oranges de Java.

TABLE

déjà parus

Robert Baillie, *Les Voyants*
Marcel Godin, *Maude et les fantômes*
Pierre Gravel, *La Fin de l'Histoire*
Francine Lemay, *La Falaise*

Cet ouvrage
composé en Times 14
a été achevé d'imprimer
aux Ateliers Graphiques Marc Veilleux Inc.
à Cap-Saint-Ignace en août 1986
pour le compte des
Éditions de l'Hexagone

Imprimé au Québec (Canada)